O jogo da democracia

© Aldenor Pimentel, 2021
© Camila Teresa, 2021
© Oficina Raquel, 2021

Editores
Raquel Menezes e Jorge Marques

Assistente editorial
Yasmim Cardoso

Revisão
Mario Felix

Capa e projeto gráfico
Camila Teresa e Letícia Yoshitake

Diagramação
Letícia Yoshitake

Dados internacionais de catalogação na publicação (CIP)

P644j   Pimentel, Aldenor
          O jogo da democracia / Aldenor Pimentel. –
          Rio de Janeiro : Oficina Raquel, 2021.
          64 p. : il. ; 21 cm.

             ISBN 978-65-86280-58-6

               1. Literatura infantojuvenil
               2. Democracia I. Título

                           CDD 808.899282
                           CDU 82-93

Bibliotecária: Ana Paula Oliveira Jacques / CRB-7 6963

Este livro segue as novas regras do Acordo Ortográfico da Língua Portuguesa. Todos os direitos reservados à Editora Oficinar LTDA ME. Proibida a reprodução por qualquer meio mecânico, eletrônico, xerográfico etc., sem a permissão por escrito da editora.

    www.oficinaraquel.com.br

Este projeto é apoiado pelo Governo do Brasil e pelo estado de Roraima, por meio da Secretaria de Estado da Cultura e do Fundo Estadual da Cultura, com recursos provenientes da lei federal nº 14.017, de 29 de junho de 2020.

Aldenor Pimentel

O jogo da democracia

Ilustrações de Camila Teresa

Dedico este livro a todas e todos que jogam no time da democracia, de chuteiras ou não.

Apresentação

Quem, ao caminhar pela rua, nunca aproveitou uma pedra ou qualquer outra coisa no chão para dar um chute ou um passe imaginando estar num jogo de futebol? A naturalidade com que fazemos isso mostra como, de alguma forma, esse esporte faz parte de nós e da nossa cultura popular. Mas não só aquele que vemos na televisão, dos grandes clubes e campeonatos; o do dia a dia, dos jogos entre amigos, das brincadeiras da infância e das tardes, dos pés descalços no chão de terra batida.

Mas, afinal, quem pode jogar bola? Ora, todo mundo! Não tem mais essa de que "é coisa de homem", não, tem muita menina boa de bola e até melhor do time, como a Mara aqui no livro. E nem mesmo quando, acreditem, o futebol feminino foi oficialmente proibido no Brasil, as mulheres deixaram de jogar. Foram quase quarenta anos de proibição! A resistência e insistência das jogadoras femininas durante aquele período servem para nos inspirar e lembrar sempre que o futebol tem que ser um espaço democrático.

Aliás... futebol e democracia, *tá* aí duas coisas que combinam e que juntas funcionam muito bem! Como um esporte coletivo, o futebol nos ensina algo fundamental para a vida em sociedade: ninguém ganha sozinho. Não só em campo, na pelada, mas na vida, mesmo. Em campo, todo mundo tem um papel, uma responsabilidade: defesa e ataque precisam estar ligados, em harmonia. Não dá para jogar sozinho, é no coletivo que se garante a vitória ou se entende e se aprende com a derrota.

E não é assim, também, em uma sociedade democrática? A escolha dos governantes é pela vontade da maioria. Mas não é só isso. Democracia é no dia a dia, é na nossa compreensão do nosso papel no mundo, dos nossos direitos, claro, mas também dos nossos deveres. É entender que, sem o outro, não funcionamos plenamente. Do mesmo jeito que um time de futebol para ganhar precisa de entrosamento, a democracia só vai dar certo se os seus cidadãos jogarem pelo mesmo objetivo.

E quando nem todo mundo pensa assim? Bom, democracia é conviver com as diferenças. É importante dialogar, escutar. De novo, é que nem futebol: dois times opostos, diferentes, em disputa..., mas que se sai do espaço esportivo e vai para a agressividade, perde o brilho, perde a graça. Quem não conhece alguém que não sabe aceitar uma derrota, que vê que vai perder a partida em campo e parte para a agressão ou para tentar mudar as regras a seu favor? Na democracia a gente chama o desrespeito à vontade popular de *golpe*. E, claro, no futebol tem golpe também.

Golpe no jogo pode ser quem não aceita as regras e quer usar o poder para fazer todo mundo seguir suas vontades, como o Rico aqui nesta história. Não é fácil resolver a questão, e se o diálogo não funciona, o que fazer? Ora, a resposta é a que nosso time vai mostrar nestas páginas: a gente sempre procura saída pela democracia! Um time tem que ser um espaço de troca, de debates. E tem clubes famosos do mundo todo que desde sua fundação em diversos momentos defenderam que o campo de jogo é plural e mais importante que o resultado é nosso caminho até o final.

Com certeza você conhece o Barcelona, clube do craque Messi. No final da década de 1930, a Espanha sofreu um golpe que levou a uma guerra civil por quatro anos. O Barcelona se posicionou na luta pela democracia, fazendo até excursões por alguns países para arrecadar fundos. No final, foram derrotados, mas, quase cem anos depois, a memória e o orgulho estão firmes e fortes entre os torcedores. Tem também um caso mais perto da gente, o do Corinthians. Mas melhor não contar para não estragar muito a surpresa da leitura que vai começar nas próximas páginas.

Talvez você já tenha escutado que o futebol começou como um esporte elitista, dominado por homens com muito dinheiro, representantes da nobreza inglesa. Eles foram os responsáveis pelas regras e pela organização, isso é fato. Mas muitos pesquisadores e pesquisadoras que estudam o futebol e sua história já mostraram que desde cedo ele foi conquistado por setores populares: trabalhadores, negros, mulheres. Tem é muito tempo que o jogo mais popular do planeta representa muitos de nós, nossas alegrias, sonhos e esperanças. E que nos diverte e ensina a conviver de maneira saudável e respeitosa em sociedade.

Então, o futebol reflete a democracia ou a democracia reflete o futebol? Aí vai depender do ponto de vista de cada um. Mas, e daí se pensarmos diferente? O que importa é o jogo democrático funcionar, tanto em campo como em nossa sociedade. E, se sentirmos qualquer ameaça, a gente se junta, na raça, na união da equipe – e da cidadania – e defende o que é nosso. E é isso que o time da Mara, da Dani, do Joca e demais amigos vai contar aqui. Quem gosta da dupla futebol e democracia com certeza vai gostar deste livro.

Viva a democracia!

Lívia Magalhães
Professora apaixonada por futebol,
por democracia e pelo Vasco da Gama!

Com a bola nos pés, passa por um, por outro e mais outro. Deixa quase todo o time adversário no chão e o zagueiro olhando por entre as próprias pernas, à procura da bola. Cara a cara com o goleiro, dá um toque de leve para encobrir o oponente, que se estica, mas não chega nem perto. Acompanha com os olhos a trajetória da bola. No ângulo. Comemora.

– Golaço! – grita o companheiro de equipe.

Outros dois correm até a linha de fundo e erguem a artilheira nos braços.

– Mara, Mara!!! – cantam.

O goleiro do outro time pega a bola no fundo da rede puída.

– Belo gol. Parabéns! – diz o zagueiro adversário, batendo palmas, depois de se levantar do chão de terra, na cabeça da grande área.

– Mara joga demais. Ainda bem que hoje ela estava no nosso time – gaba-se Joca, após ajudar a amiga a descer de seus ombros.

– Mas também... só assim mesmo para vocês ganharem da gente. Com a Mara no time, até eu.

– Valeu pelos elogios, pessoal, mas eu já estou ficando sem graça.

– Poxa, Mara! Que fominha, hein? Poderia ter tocado para mim. Eu estava na cara do gol – reclama Leco.

– Querendo pegar carona no talento da colega, né, espertinho? – diz Quico, ao dar um peteleco na orelha do outro e fazer os dois times rirem.

– Deixa de ser palhaço. Você estava era com medo de levar um gol meu – revida.

– Quem estava com medo aqui era você: de não jogar no mesmo time que ela – fez sua tréplica, aumentando a discussão, que agora envolvia quase o elenco inteiro de cada time.

– Epa, epa, epa – diz Mara, fazendo todos silenciarem. – Olha, Leco, foi mal. Estava tão focada que nem vi você.

Com um sorriso no rosto, Mara oferece o dedo mindinho ao companheiro de equipe. Ele ri de volta e a abraça. Tudo volta ao normal.

O sol quase se pondo anuncia o fim do jogo entre os amigos. Todas as tardes ele se reúnem naquele terreno baldio improvisado como campo de futebol. As traves eles mesmos fizeram de madeira há uns meses. Arquibancada não há. Nem precisa. Ali, todos jogam. Quase sempre, cada time entra em campo com cinco na linha.

Mara é a única menina do grupo. É a melhor entre todos. Jogar ao seu lado é quase garantia de vitória. Por isso, o cara ou coroa não é para escolher entre o lado do campo ou a bola, mas para decidir quem começa a escolher a equipe. E quem sempre é o primeiro a ser chamado para o time? Mara, é claro.

Às vezes, a bola cai no quintal do vizinho, que, ainda bem, é a casa de um dos meninos. Nunca dá problema. O perigo é quando a bola vai para o meio da rua. Nesse caso, é só ter cuidado. Os jogos convivem com o barulho das buzinas e do motor dos carros.

— **Atenção, atenção:** moças e rapazes, participem do primeiro campeonato municipal de futebol juvenil. Premiação para a equipe campeã. **Não percam** — propagandeia o locutor de um dos carros de som a passar naquele fim de tarde.

Parados, todos ouvem com atenção.

– Olha aí, Mara, campeonato de futebol. Por que você não participa? – pergunta Joca.

– Eu?

– Claro, você joga um bolão.

– Obrigada, Joca. Mas participar como? Eu nem tenho time formado. E ninguém ganha jogo sozinho.

– Então monta um time, ué.

– E onde é que eu vou encontrar quem queira jogar também?

– Pois você está falando com o lateral esquerdo da equipe. Aliás, um lateral de primeira.

– Como assim? Agora fiquei confusa.

– Pode ser equipe mista, menina.

– Sério, Joca?

– É. Eu me esqueci de falar. Mas já estava sabendo desse campeonato.

– Bom, mesmo assim ainda falta muita gente.

– Deixa essa desanimação de escanteio e vamos atrás da galera. Posso chamar o Cacá, o Tico e a Dani.

– Você vai chamar a Dani?

– E por que não? A Dani joga muito.

– Ah, isso é verdade.

– Uma vez ela me deu um drible entre as pernas que eu fiquei todo sem jeito – lembra Joca. – Vocês vão disputar quem vai ser a artilheira do time.

– Rá, rá, rá – gargalha, Mara. – Menos, menos.

– E você vai chamar quem?

– Eu posso falar com o Beto, o Zinho e a Lana.

— Bem lembrado. E aí um vai chamando o outro, que vai chamando o outro e assim nosso time vai ficar no jeito rapidinho.

— É isso aí. Mãos à obra.

— Ei, eu quero jogar nesse time aí – diz Quico, seguido dos demais.

— Eu também.

— Eu também.

— Eu também.

Eles riem. Ao final, cada um coloca os braços sobre os ombros do outro, até formarem uma linha. Juntos, já conseguem enxergar o time que em pouco tempo estaria completo.

– Poxa, pessoal. Nem acredito que a gente está pertinho de fechar o time – disse Mara.

– Isso é que é trabalho em equipe – comentou Quico.

– É, aqui a gente faz e decide tudo junto – concordou Joca.

– Sim, democraticamente – emendou Mara.

Sentados em círculo no meio do campo, contavam as pendências para inscrever o time no campeonato. Como sempre, estavam descalços. Não tinham chuteiras. Nem uniforme. Uma coisa não faltava: disposição. Em dois dias, a equipe estava quase completa.

– Legal, mas ainda está faltando um reserva.

– É verdade, Leco. Mas é bom começar a treinar assim mesmo – recomendou Mara. – A gente não pode perder tempo. A competição está bem aí.

– E para ser campeão a gente vai ter que treinar bastante – completou Joca.

Ele se levantou de supetão e deu uma corrida, sem sair do lugar.

– Ih, mas tem um problema – ressaltou Leco. – A gente não tem bola. A nossa furou de novo. E não tem mais como remendar.

– Nossa não, né? A do meu irmão – lembrou Zinho. – Ele está uma fera.

– Agora a gente vai ter que vencer esse campeonato de qualquer jeito para dar uma bola nova para ele – disse Joca.

– Vixe, é mesmo – exclamou Mara. – Não é que na correria eu tinha esquecido?

– Fica tranquila. Por isso, a gente é uma equipe. Um ajuda o outro.

– Valeu, amigo. Mas como a gente resolve? Não tem nem bola para treinar.

Beto ficou em pé. Esticou o braço para um lado e para o outro.

– E aí, está alongando para quê se não tem bola? – perguntou Leco.

– Calma, eu estou pensando – respondeu. – O que vocês acham de falar com o Rico? Ele tem bola. Aí a gente faz o convite para ele entrar no time e resolve duas coisas de uma vez só: ganha uma bola para treinar e ainda completa a equipe.

– Será? O Rico até que é craque, mas não sei... – disse Leco, fazendo uma careta. – Ele joga sujo: quebra muito. E eu não acho isso legal.

– Jogo sujo não é legal mesmo – concordou Mara. – Mas acho que a gente pode tentar. Quem sabe ele muda.

– E quem vai falar com ele? Você? – perguntou Joca.

– Eu? – espantou-se Beto.

– Ué, não foi você que deu a ideia?

– Está bem, vai.

– Rico, seja bem vindo ao nosso time – disse Mara. – Só faltava você.

– E ela também, né? – comentou, ao apontar para a bola debaixo do próprio braço.

– Sim, mas estamos contentes que você aceitou nosso convite – contornou Joca.

– Que bom. Porque eu também posso contribuir com o uniforme e as chuteiras do time.

Da cabeça aos pés, Rico lembrava um jogador profissional. Até o meião combinava com o calção e a camisa. O vento levava o cheiro do amaciante no uniforme até os mais novos companheiros de equipe. A chuteira brilhava. Parecia ter acabado de sair da loja. Nem caneleira faltava.

— Legal, mas isso a gente vai vendo com o tempo — contrapôs Mara. — O importante é começar a treinar logo. Quem topa?

— Eu — gritaram todos, menos Rico, que fez um leve gesto de reprovação com a cabeça, sem ninguém perceber.

— Opa, que povo animado. Então, depois do treino, nós definimos juntos os titulares e reservas. E também quem fica em cada posição. Vamos fazer assim?

— Vamos — disseram juntos de novo. E, de novo, Rico não os acompanhou.

— Ai, ai... — falou consigo mesmo. — Quem essa menina pensa que é? Técnica do time? Só pode!

— Você falou alguma coisa, Rico? — perguntou Mara.

— Nada. Só estava pensando alto.

— Vamos jogar, então?

Foram. Todos descalços, exceto Rico.

— Você vai jogar de chuteira? — perguntou Leco, ao coçar a cabeça.

— Vou, ué! Comprei para usar.

– Só não vai quebrar ninguém – disse Quico, em tom de galhofa.

– Futebol é coisa para... – ao olhar para Mara, Rico parou no meio da frase – gente forte. Quem não aguenta fica só na torcida.

Ninguém respondeu. Preferiram treinar. Rico ficou no time de Mara, mas nem parecia: não passou a bola para ela uma vez sequer. Em contrapartida, desarmava os adversários e partia para o ataque. Mais alto em campo, fez um gol de cabeça.

Vibrou ao balançar a rede, porém, quando perdia uma dividida, esmurrava o chão. Na terceira vez seguida, não deixou por menos. Após ter a bola roubada na categoria, deu uma tesoura por trás na oponente, que começava o contra-ataque.

– Ai!!! – gritou Dani, caída no chão.

– Ei, Rico, maneira aí – recomendou Joca.

– Bem que eu digo que futebol não é coisa para... – de novo, Rico deixou a frase pela metade. – Bom, também não foi tudo isso. Ela está é fazendo cera.

– Se você fizer isso no campeonato, leva cartão vermelho e ainda prejudica o time – advertiu Mara.

– Não sei por que tanto mimimi por uma jogada normal. Se ela estivesse de meião e caneleira, nem teria sentido nada – argumentou Rico. – Futebol é esporte de contato. Quem não quiser que vá jogar vôlei.

Rico não se desculpou. Mas resolveu não fazer outras faltas até o fim do jogo. Com a ajuda de Joca e Lana, Dani se levantou do chão. Voltou a jogar, mesmo mancando. Na batida da falta, lançou Quico, que marcou o gol. Naquela tarde, a partida terminou empatada.

— Ufa, que treino puxado — comentou Mara.

— Mas foi muito bom.

— E, durante a partida, já deu para perceber quem joga melhor em cada posição — analisou Joca.

— Sim, mas no nosso time a gente decide todo mundo junto — disse Dani.

— Claro.

— Democracia é assim mesmo — comentou Beto.

— Democracia? — questionou Rico.

— É.

— Grande coisa, votar e ser votado.

— Não, Rico, democracia é muito mais que votar e ser votado — contrapôs Joca.

— É, *-cracia* significa poder — explicou Dani.

— Só se for poder do Demo mesmo — comentou Rico.

– Nada disso. *Demo* quer dizer povo. Democracia é o povo no poder.

– Afinal todo poder emana do povo, e deve ser exercido para ele e por ele, em nome do bem comum. Pelo menos, foi isso que eu aprendi na escola – filosofou Beto.

O time quase inteiro bateu palmas. Meio na brincadeira, meio sérios. Concordavam com o que Beto disse. Só não esperavam uma aula de Direito no fim do treino.

– Então, o que vocês acham, pessoal? Eu já anotei rapidinho o nome dos possíveis titulares e a posição em campo de cada um. No ataque, Quico e Dani. No meio-campo, Nina, Beto e Mara. Na lateral esquerda, Joca. Na lateral direita, Lana. Na zaga, Tina, Leco e Rico. No gol, Tico – para cada nome que Mara falava, o jogador ou a jogadora colocava a mão no queixo, erguia o braço, segurava o punho diante do peito ou fazia qualquer outra posição com cara de marrento. Ou marrenta. – Aprovado?

– Sim! – responderam, menos Rico.

– Espera aí, eu não vou jogar na zaga. Eu sou centroavante goleador.

– Mas, Rico, todo mundo aqui concorda que o Quico e a Dani são nossos melhores atacantes – argumentou Joca.

– Não quero nem saber o que todo mundo acha. A bola é minha – disse, com tom de voz mais alto, depois de pôr o pé sobre a bola e pegá-la do chão.

– Como assim, Rico? – questionou Mara.

– É isso mesmo: a bola é minha. Quem manda aqui sou eu.

– Rico, o nome disso que você está fazendo é golpe – acusou Mara.

– Fala sério. E por acaso eu estou armado ou bati em alguém aqui?

– Presta atenção, Rico, golpe não acontece só com uso da força, não – contrapôs Joca. – Golpe é desrespeitar uma decisão democrática. Democracia você lembra o que é, né?

– Ei, você sabe com quem está falando?

– Olha aí, é exatamente disso que eu estou falando, Rico. O dinheiro ou a posição social de alguém não pode se sobrepor à decisão da maioria.

– Falou e disse. Mas, mesmo que um golpe tenha apoio da maioria, não deixa de ser golpe por isso. Aliás, o apoio popular é bem comum em golpes de Estado – complementou Beto.

– Gente, eu estou orgulhosa, sabia? – disse Mara.
– O que vocês andam lendo?

– Rá, rá, rá.

A gargalhada foi geral. Só não contagiou o dono da bola.

– Bem, Rico, já deu para perceber que temos concepções bem diferentes de democracia e golpe – disse Mara.

– E daí? Já falei que nada disso me importa. Eu quero mesmo é jogar no ataque.

– Pois é, mas a maioria já decidiu a posição de cada um. Se você quiser jogar no ataque, tem que ficar no banco de reserva para substituir o Quico e a Dani, quando for preciso.

– E você acha que eu sou de ficar na reserva?

– Mas, Rico...

– Se não for assim, eu não quero. Vou embora e levo a bola comigo. E também não tem mais nem uniforme, nem chuteira para ninguém – disse, ao bater o pé. – Essas são as minhas regras. E aí, vão querer ou não vão?

– Ah, Rico, o time já viveu tanta coisa junto. Não é por causa de uma bola, um uniforme e umas chuteiras que a gente vai abrir mão do que já conquistou.

– Olha, eu até reconheci para a galera que achava você craque – disse Leco. – Vai ser uma pena a sua saída do time.

Rico olhou para a bola e riu.

– Chega de lenga-lenga. Deem tchau para a minha bola e para a possibilidade de usarem o meu jogo de uniforme e as minhas chuteiras – ao falar, ele dava mais ênfase às palavras "meu" e "minha".

– Tem certeza, Rico? – perguntou Joca.

— Claro. E tenho certeza também que vou ser atacante de um time muito melhor que o de vocês — respondeu. — E quer saber de uma coisa? Se conseguirem passar da primeira fase e aparecerem na nossa frente em campo, a gente vai humilhar vocês e ser campeão.

Disse e se foi com a bola embaixo do braço. Os outros olhavam a camisa número dez cada vez mais longe. Não diziam nada. Nem piscavam. No rosto de todos, reinava o semblante de bola murcha.

— Bom campeonato para você, Rico! — gritou Joca, de longe.

Como estava, o ex-jogador do time continuou sua caminhada, sem olhar para trás.

— Já eu não posso desejar o mesmo para vocês. Não vai adiantar mesmo.

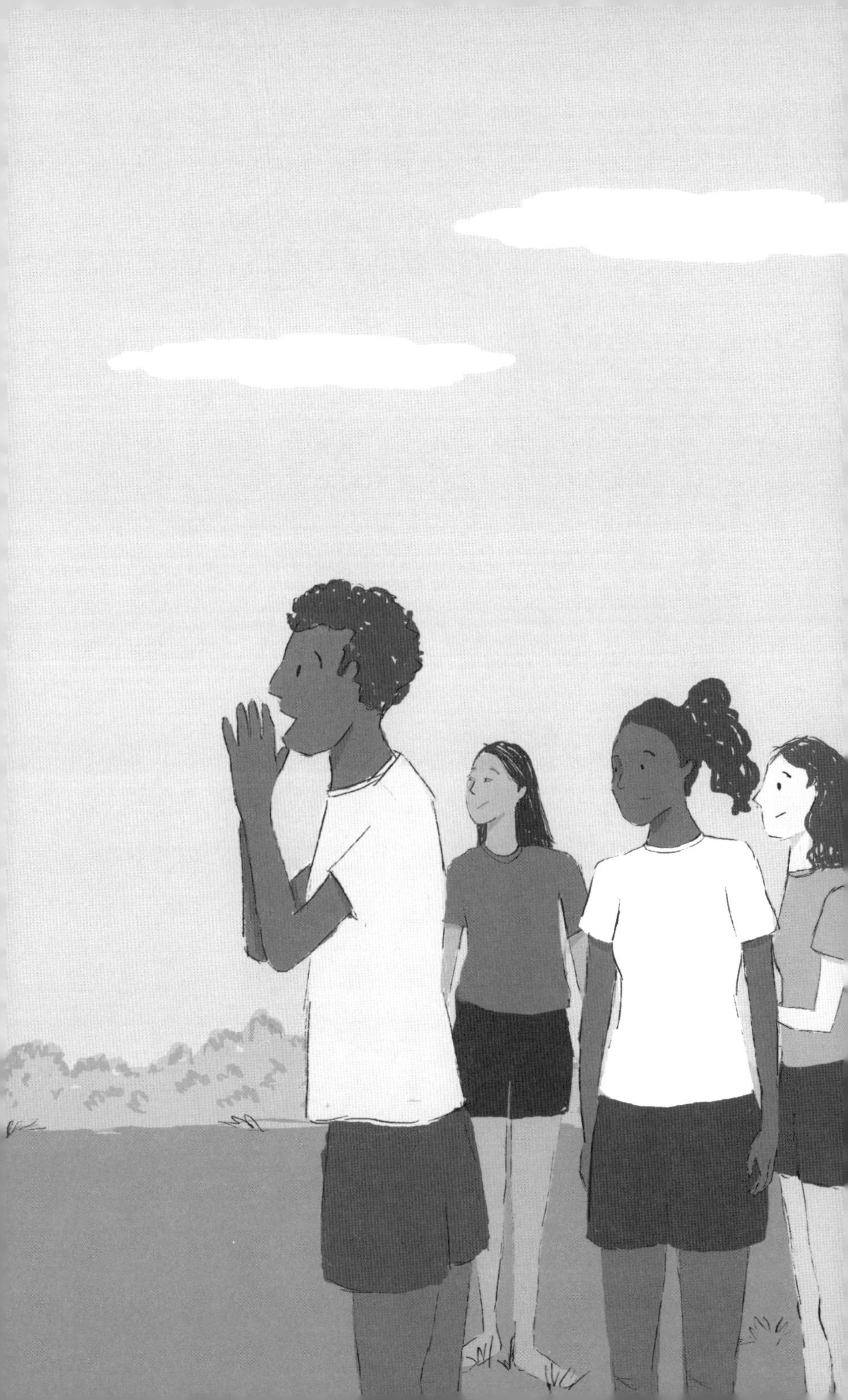

6

— Ih, gente. Agora nosso time ficou incompleto de novo – disse Leco, ao levantar a sobrancelha.

— Fica tranquilo, a gente vai encontrar alguém – respondeu Joca.

— Se vocês toparem, posso chamar minha prima Bia – propôs Tico. – Concordam?

— Ué, o que você está esperando? – perguntou Joca.

— Está bem. Hoje mesmo eu falo com ela.

— E diz que ela vai ter a oportunidade de jogar ao lado de um craque – disse Joca, rindo.

— Não fala assim que eu sou tímido.

— Rá, rá, rá! Quico, você é hilário. Eu estava falando de mim.

— Bem, pessoal. Treino cumprido – disse Mara, ao respirar fundo. – Amanhã a gente se vê.

— Mas sem bola? – questionou Leco.

– É mesmo, né? – concordou Joca.

– Eu tenho uma ideia – disse Beto.

– Qual?

...

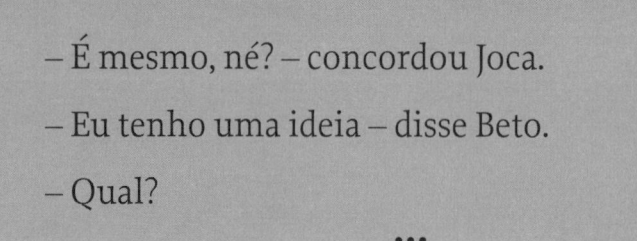

Todos juntos, foram de porta em porta pela vizinhança. Em cada casa, falaram da vontade de jogar naquele campeonato e representar o bairro.

– Mas, para isso, a gente precisa da sua ajuda – disse Mara.

Os vizinhos colaboravam como podiam. Os meninos andaram por todas as ruas, de casa em casa. Até nos pequenos comércios. Um falava, o outro completava. No fim, pulavam com o sentimento de que estavam perto de alcançar o objetivo. Com o que arrecadaram, no outro dia, compraram uma bola nova. E tinham um jogo completo de camisas. Emprestadas.

– Gente, vocês são demais. O treino foi nota dez de novo – festejou Mara.

– É, o nosso time está muito bom – avaliou Joca.

– Dá até orgulho – emendou Leco.

– Vou fazer a inscrição – informou Mara.

– E por que não fez ainda?

– É que falta definir o nome do time. E eu queria a opinião de vocês.

– Tem que ser um nome que tenha a nossa cara – opinou Joca.

– Um nome que tenha a nossa cara? Hum, deixa eu pensar... – disse Cacá, colocando a mão no queixo. – Bons de Bola.

– Não, muito se achando.

– Time de Ouro.

– Não sei, ainda acho que esse nome não é a nossa cara, mas se ninguém pensar outro melhor...

Leco olhava o rosto de todos e enxergava o que cada um tinha feito para que estivessem ali. Juntos tinham construído as traves com pedaços de madeira que encontraram no meio de uma construção abandonada. Em mutirão, capinaram o terreno baldio com enxadas que trouxeram de casa. Alguns arrancaram o mato com a mão mesmo. E o uniforme emprestado e a bola que compraram pedindo ajuda na vizinhança, então? Tudo ali tinha a marca do suor deles.

– Já sei, gente: o nome do time vai ser Democracia.

– Muito bom, Leco. Ótima ideia – reconheceu Joca.

– Esse nome é a cara do meu pai – disse Dani.

– Por quê?

– É que ele torce pelo Corinthians e sempre me falou de uma época em que tudo no time era decidido em votação: contratações, regras de concentração, escalação. E todo mundo participava: técnico, jogador, funcionário do clube. Todo mundo. O voto de ninguém valia mais do que o do outro.

Joca abraçou Dani e a conduziu até a bola. Os outros também se aproximaram. Formaram um círculo. Dani esticou o braço na direção do centro da roda. Joca colocou a mão sobre a da amiga. Mara fez o mesmo. E todos repetiram o gesto.

— E aí, nossa equipe merece ou não um "viva"? — perguntou Mara.

Juntos, moveram as mãos unidas para baixo e para cima. Uma, duas, três vezes, até soltarem o mesmo grito:

— **Viva a Democracia!!!**

7

– Chegou a hora, galera. Hoje o nosso time entra em campo – disse Mara, na roda.

– Vai ser difícil, mas a gente consegue – completou Joca.

– Eu confio em vocês.

– Juntos somos mais fortes.

– Afinal, o nome do nosso time é Democracia – lembrou Dani.

Em círculo, estavam todos abraçados e com o tronco inclinado para frente. Cada um ouvia o outro ao pé do ouvido. A arquibancada estava lotada. As torcidas competiam com gritos de guerra. O barulho das vuvuzelas chegava ao outro lado do campo. A grama molhada exalava um cheiro de chuva no mato. Os jogadores corriam pelo tapete verde.

– Ei, olha quem está ali. Não é o Rico? – disse Joca, ao apontar o dedo para frente.

O time inteiro olhou.

– É ele mesmo. E pelo visto encontrou um time para jogar.

Rico se mantinha de costas para a Democracia. Passou perto, sem falar com os ex-companheiros de equipe, como se nem os conhecesse.

– Ei, Rico, vai jogar também? – perguntou Joca.

Ele se virou e fez uma careta de desdém.

– Claro. E vai ser um prazer ganhar de vocês.

– Deixa disso. Eu até ia desejar boa sorte a você.

– E eu lá preciso de sorte?

O outro arregalou os olhos e, com a cabeça, fez sinal de reprovação.

– Está bem, Rico. Mais cedo ou mais tarde, a gente acerta isso em campo. Talvez mais cedo do que você imagine.

Joca já ia retornar para perto da equipe quando bateu os olhos no uniforme do ex-companheiro de time.

– Espera aí, Rico. E essa camisa? Você disse que não queria ficar na zaga de jeito nenhum. Vai acabar jogando como goleiro?

– E daí? Eu estou no melhor time do campeonato e a gente vai ser campeão.

– É o que veremos.

– Sabe que eu estou começando a torcer por você e seus amigos? Seria uma dupla vitória: ganhar o jogo da final e logo em cima do seu timeco.

– A conversa está boa, Rico, mas a gente tem um campeonato a disputar. E o melhor: sem jogo sujo. Tchau.

...

Na estreia, veio um gol chorado nos acréscimos do segundo tempo, mesmo com a torcida em peso empurrando o time adversário.

– Vencemos o primeiro jogo.

Na partida seguinte, um tropeço: com a derrota de 1x0, saíram de campo sob vaias. Na outra, recuperação: o 2x1 calou a torcida.

– Que massa, pessoal! Quartas de final.

O 3x2, de virada, conquistou a multidão no estádio.

– Urru! Semifinal, aí vamos nós.

0x0 no tempo normal. 5x4, nos pênaltis. No fim, a torcida respirou aliviada.

– Eba! Estamos na final. Que alegria, cara!

– Quem diria?

– Eu sabia que a gente chegava lá.

– Foi o trabalho em equipe que fez a gente ir tão longe.

– Eu estou muito orgulhosa de mim mesma e de vocês – disse Mara. – Somos todos vencedores por essa conquista.

— Ei, mas não acabou ainda, não – lembrou Joca. – Ainda tem a final.

— Eu sei. O que eu estou dizendo é: nada de baixar a cabeça caso não sejamos os campeões, porque demos o nosso melhor.

O time todo correu e abraçou Mara, aos pulos. Demoraram a perceber que na mesma hora alguém da organização colava um cartaz na parede. Joca foi o primeiro a se aproximar do painel.

— Eita! Já está bem aí o nosso jogo com o outro finalista – espantou-se.

— Golpe de Mestre? Isso é nome de time? – disse Leco, ao ler no cartaz informações da equipe adversária e balançar a cabeça de um lado para o outro.

— E vocês sabem quem é o goleiro deles, né?

— Quem?

— O Rico.

— Golpe e Rico. Pensando bem o nome do time tem tudo a ver com ele – comentou Dani.

— Ah, não! E ele está vindo aí – disse Joca, ao franzir a testa. – Só pode ser para provocar a gente de novo.

Rico parou perto deles, com os braços cruzados.

— E aí, pessoal, prontos para levar uma goleada?

— Rico, a nossa resposta vai ser em campo – respondeu Mara. – Que vença o melhor.

— Ou seja: eu, né? Rá, rá, rá!

A gargalhada de Rico soava falsa. Ele parecia fazer mais força que o necessário. Como já estava acostumado, acabou rindo sozinho.

...

– E começa a partida. Democracia contra Golpe de Mestre. É lá e cá. O jogo não para. A torcida delira. E Golpe de Mestre avança. Inverte o jogo. Passa pelo meio-campo. Entra na pequena área, cara a cara com o goleiro. De frente para o gol. É agora. É agora!!! – o locutor quase que engasga. – Na trave.

– Uh! – grita a torcida.

– E termina o primeiro tempo. Zero a zero. Que jogo disputado.

O árbitro apita.

– E a bola volta a rolar. Ninguém quer perder. É ataque e contra-ataque. Mas a rede não balança. Será que vai acabar nos pênaltis? É muita emoção! – berra o locutor, quase sem respirar.

– E o time da Democracia toma a bola. O contra-ataque sai da defesa. Passa para o lateral esquerdo, faz tabela com Mara, que toca para Dani, que volta para Mara. A bola passa pelos pés do time inteiro.

– Ooooooooooolé! – grita a torcida, indo ao delírio, ao som da narração.

— Mara dribla o zagueiro, que fica no chão. Frente a frente, com o goleiro, um paredão que fecha o gol. Ela ginga. Faz que vai para um lado, faz que vai para o outro. Que maravilha! É chutar e correr para o abraço.

— Vai, vai!!! – empurra a torcida.

Mara ergue a cabeça e vê Leco. Ele corre da marcação, prestes a passar ao lado da companheira de equipe. A jovem olha Rico à sua frente, que parece maior que o próprio gol.

— Se eu tocar para o Leco, ele fica sozinho e entra com bola e tudo – fala consigo mesma.

O árbitro apita.

— Pênalti! Que jogada desleal. Aí é jogo sujo, seu juiz! – revolta-se o narrador.

...

Rico tinha pulado sobre a bola, ao perceber o titubeio de Mara. Aproveitou a oportunidade para fincar a chuteira no pé direito da adversária, que caiu para trás.

...

– Ai, ai!!! – grita ela, ao rolar sobre o gramado, de um lado para o outro, e segurar o próprio pé com as duas mãos.

O árbitro põe a mão no bolso da camisa. Os jogadores arregalam os olhos. A torcida faz silêncio.

– Cartão amarelo? O que é isso? É lance para expulsão!!! – revolta-se ainda mais o narrador.

– Juiz ladrão! – grita a torcida. – Vendido!

Leco aproxima-se de Mara.

– Tudo bem com você?

– Está doendo um pouco, mas eu estou bem – responde, enquanto levanta com a ajuda dele. – Eu ia passar a bola para você.

– Eu sei – diz, sorrindo, ainda a apoiar a amiga nos ombros.

O árbitro põe a bola na marca do pênalti.

– Você vai bater, Mara?

– Não sei se eu consigo – admite. – Bate você.

O restante da equipe vem até a colega de time. Todos perguntam como ela está. Mara procura tranquilizá-los.

– Tem certeza? Você está mancando – intervém Joca, ao franzir a testa.

...

– E Mara ajeita a bola na marca do pênalti. Do outro lado está o goleiro. Rico não pisca. Bate no peito. Faz sinal de que vai defender. Ele quer desestabilizar a jogadora. Será que ela vai errar? – pergunta o narrador.

– Era só isso que você queria, né? Fazer o gol da final e ser a estrela do time campeão. Por isso, deu um jeito de eu sair da equipe: não queria concorrência – Rico provoca Mara, da linha do gol. – Você é igualzinha a mim: só pensa em si. Quer porque quer vencer sozinha, a qualquer custo. Não está nem aí para o time. Aquele papinho de democracia é só furada – continua. Mara não responde. Sequer olha nos olhos do adversário. – Mas você vai fracassar. Sabe por quê? – pergunta para ele mesmo responder. – Porque é fraca. Você se esconde atrás daquele timinho, mas sozinha você não é nada.

Mara levanta a cabeça.

– E quem disse que eu estou sozinha? – questiona, com um leve sorriso no rosto.

Enquanto distancia-se da bola, ela recorda o que acabara de ouvir dos companheiros de time.

...

– Você está mancando, Mara. Não é melhor pedir substituição? – questionara Joca.

Diante da pergunta, Leco deu um passo à frente.

– Galera, não é porque uma pessoa entre nós cai que vamos dar as costas para ela. Chegamos aqui juntos e vamos sair daqui juntos – falava, ao olhar para cada um do time. – A Mara é muito importante para a nossa equipe. Sem ela, ninguém estaria aqui. Ela é um exemplo de força e determinação. E é por isso que a nossa capitã merece bater aquele pênalti. A Mara me representa e representa a todos nós. Quando ela chutar aquela bola, toda a nossa força estará nos pés dela. Ela somos nós lá.

Entreolhavam-se e seguravam as mãos uns dos outros.

– E, então, quem vai bater o pênalti? – perguntou o árbitro, ao se aproximar do time.

Todos apontaram para Mara.

– Vai lá, menina – disse Leco. – A gente escolheu você.

— Mas não é justo eu receber os louros sozinha. Nós somos um time.

— Por isso mesmo. Você não está só. Estamos todos com você — contrapôs Joca.

— Vai lá e arrasa, garota. Por nós — disse Leco, ao piscar para a amiga.

Ela foi. Já nem parecia mancar.

...

— E Mara corre em direção à bola — anuncia o narrador, quase com a voz sobreposta pelo canto da torcida.

— Democracia! Democracia! — grita a multidão, ao som de tambores.

— Lá vai ela, lá vai ela. Chuta a bola.

A torcida para. Todos olham na direção da pequena área. Alguns engolem saliva a seco. Outros apertam as mãos e mordem os lábios, enquanto esperam para ver se a rede balança.

-GOOO

oooool!

O árbitro apita.

– Fim da partida!

– É campeão! É campeão! – grita a torcida.

O time comemora, reunido no meio do campo. Os jogadores acenam na direção da arquibancada. É uma festa com direito a música, coreografia e rouquidão do narrador, que parece soltar um grito preso na garganta para expulsar um fantasma que ameaçava e incomodava a cidade:

– **Vitória da**

Democracia!

Este livro foi composto pelas fontes Proforma
Book e Chaloops. Foi impresso pela Gráfica Vozes,
em papel pólen soft 80g/m², em abril de 2021.